AF395309

HÉLOÏSE
A SON ÉPOUX,
HÉROÏDE NOUVELLE.

Par M. GAZON DOURXIGNÉ.

A PARIS,

De l'Imprimerie de SÉBASTIEN JORRY, rue &
vis-à-vis la Comédie Françoise, au Grand Monarque
& aux Cigognes.

M. DCC. LXV.

Avec Approbation.

HÉLOÏSE

A SON ÉPOUX.

IMITATION abrégée de la premiere Lettre d'HÉLOISE à ABAILARD.

UNE Lettre où nos maux étoient par toi dépeints,
L'autre jour, par hazard, fut remife en mes mains ;
Des traits de mon époux j'y reconnus l'empreinte,
Et crus pouvoir l'ouvrir fans fcrupule & fans crainte :
Mais que mon trifte cœur, d'un vain efpoir flatté,
Abailard, paya cher fa curiofité !
Hélas ! loin d'adoucir le mal qui me déchire,
Cette Lettre n'a fait qu'augmenter mon martyre.
Ta main, pour confoler un Ami malheureux,
Avoit, dans cet écrit, peint nos revers affreux :
En le lifant, ah, Ciel ! quelle fut ma furprife !
J'y vis cent fois ton nom & celui d'Héloïfe
Toujours accompagnés par de nouveaux malheurs ;
Et je n'y trouvai rien qui n'aigrît mes douleurs.
Eh ! quoi ! pour foulager des difgraces communes,
Falloit-il rappeller toutes nos infortunes ?

A ij

'Ah ! du fort d'un ami c'eſt prendre trop de foin ;
Et pour moi ton amour n'eût pas été plus loin.

DEPUIS ce jour fatal, ainſi que ma triſteſſe,
J'ai ſenti dans mon cœur renaître ma tendreſſe.
Mes feux, qu'avoient calmé le temps & la vertu,
Ont repris ſur mes ſens un pouvoir abſolu.
Que dis-je ? de tes maux la peinture touchante
Les a renouvellés dans l'âme d'une Amante.
Non ; ces maux, Abailard, par ta plume tracés
Jamais de mon eſprit ne ſeront effacés.
Je croirai voir toujours cette main ennemie
Qui d'un oncle cruel ſervit la barbarie.
Je n'oublîrai jamais ces indignes rivaux,
Dont l'orgueil diſtila ſon fiel ſur tes travaux :
En vain, pour te ſouſtraire à leurs lâches outrages,
Tu daignas expliquer le ſens de tes ouvrages :
On te vit ſuccomber ſous leurs coups odieux ;
Et le feu conſuma tes écrits précieux.
Par combien de noirceurs, ces Docteurs téméraires,
Ces vils Religieux, que tu traites de Frères,
N'eſſayérent-ils pas de flétrir ton honneur ?
Le tems même n'a pû déſarmer leur fureur,
'A peine ton trépas éteindroit-il leur haine ;
Et peut-être qu'un jour leur envie inhumaine,
Juſques dans ton cercueil lançant ſur toi ſes traits,
De ta cendre tranquile ira troubler la paix.

Que cette idée, ô Ciel ! & m'irrite & m'accable!
Rougis de ton erreur, fiécle aveugle & coupable,
Toi, qui l'abandonnant à d'injuftes mépris,
Des vertus d'Abailard n'as point connu le prix !

Quoi ! de tes maux paffés la mémoire remplie,
Me faudra-t-il trembler fans ceffe, pour ta vie ;
Et dans ces lieux, jamais, hélas ! ne pourrons-nous
Prononcer fans effroi, le nom de mon époux ?
Ce nom y fera-t-il toujours couler nos larmes ?
Montre-toi, cher époux, fenfible à nos allarmes.
Que le plus prompt retour te rapproche de moi:
Ou, fi du fort jaloux l'impérieufe loi
A mon empreffement t'empêche de te rendre,
Confole, en m'écrivant l'Amante la plus tendre.
Le fardeau de mes maux en fera plus léger,
Si ton cœur avec moi veut bien le partager.
Des Amans condamnés aux rigueurs de l'abfence,
L'art d'écrire a fouvent modéré la fouffrance.
De notre âme un papier confiant les fecrets,
Faifons fervir cet Art à peindre nos regrets :
Par lui tu peux calmer l'ennui qui me dévore.
Écris-moi promptement, fi tu m'aimes encore.
Pouvant de fon époufe adoucir les douleurs,
Abailard fera-t-il infenfible à fes pleurs,
Et ne voudra-t-il pas faire du moins pour elle
Ce que pour un Ami lui fuggéra fon zéle ?

Ce n'eſt pas que je blâme une juſte pitié :
L'Amour, d'un noble cœur n'exclud point l'amitié.
Je ne puis qu'approuver l'ingénieuſe adreſſe
Par qui d'un malheureux tu calmes la triſteſſe,
En comparant au ſien un plus cruel ennui ;
Mais ne nous dois-tu pas encore plus qu'à lui ?
On nous nomme tes ſœurs ; nous ſommes ta famille :
Chacune d'entre nous prend le nom de ta fille ;
Et ſi quelqu'autre nom pouvoit plus nous flatter,
Nous nous diſputerions l'honneur de le porter.
Tout nous inſpire ici des ſentimens ſi juſtes ;
Et de ta piété ces monumens auguſtes,
Ce cloître, ces autels, ſont autant de témoins
De notre attachement, ainſi que de tes ſoins :
Nous en conſerverons à jamais la mémoire ;
Et nous dirons toujours, que tois ſeul eus la gloire
De convertir pour nous, en un lieu révéré,
Un déſert autrefois au meurtre conſacré ;
Que ce n'eſt point aux Rois qu'eſt dû cet avantage ;
Et que ce temple illuſtre eſt ton unique ouvrage.
C'eſt là qu'en ta faveur, nos cœurs reconnaiſſans
Offrent ſans ceſſe au Ciel les vœux les plus ardens,
Le Dieu que nous ſervons dans cet aſyle auſtère,
Y reçoit tous les jours, notre hommage ſincère.
Toutefois cet amour pour la Religion
N'étouffe point en nous toute autre paſſion.
De notre Séxe, hélas ! tu connais la faibleſſe :

Si de nos cœurs souvent la grâce est la maîtresse,
Trop souvent la Nature y domine à son tour,
Et pour la vaincre, il faut combattre plus d'un jour.
Notre vertu fragile a besoin qu'on la guide.
C'est à toi d'affermir cette vertu timide.
Esclaves du péché, de la chair & des sens,
Que produiroient sans toi nos efforts impuissans ?
Ah ! reviens, Abailard, reviens par ta présence
Fortifier nos vœux, fixer leur inconstance ;
Et de Paul imitant les travaux précieux,
Sois de notre salut l'artisan glorieux.
Nous sçavons, qu'ennemi d'une oisive molesse,
Loin de nous, au travail tu te livres sans cesse :
Mais tu n'enrichis plus de tes productions
Que des hommes pervers, indignes de tes dons ;
Et refusant tes soins à des enfans dociles,
Tu prends pour des ingrats des peines inutiles.

    Quoi ! pour rendre ton cœur propice à mes souhaits,
Dois-je, au nom de mes sœurs, te parler désormais ?
Héloïse sur toi n'a-t-elle plus d'empire ?
Crains-tu de consentir à ce qu'elle desire ?
Cependant, grâce au nœud dont nous sommes unis,
Abailard, tout commerce entre nous est permis.
Et d'ailleurs, à me fuir qui pourroit te contraindre ?
De tes desirs éteints je n'ai plus rien à craindre.
Et nos vœux, & le fer d'un assassin cruel

A iv

Ont mis à nos tranfports un obftacle éternel.
Viens donc, par ton exemple, en ce lieu folitaire,
Rendre à mes fens troublés un calme falutaire.
Si je fuis, par raifon, dans ce féjour de paix,
Fais que, par piété, j'y trouve des attraits.
Dès qu'une fois l'Amour a fubjugué notre âme,
Il eft bien mal-aifé d'en éteindre la flâme.
Tu dois te rappeller quels étoient mes tourmens,
Quand il falloit fans toi paffer quelques momens,
Et combien, Abailard, de ta plus courte abfence
Le temps paroiffoit long à mon impatience.
Fuyant tous les regards, jufques à ton retour,
Je veillois pour t'écrire & la nuit & le jour.
Ma plume de mon cœur te peignoit la tendreffe,
Et les divers ennuis qui l'agitoient fans ceffe,
Quels foins ne prenoit pas mon amour inquiet,
Pour faire entre tes mains parvenir un billet?
C'étoit peu d'en charger un Serviteur fidéle :
Je prodiguois les dons pour exciter fon zéle ;
Et je ne jouiffois d'un inftant de repos,
Que lorfque ta réponfe adouciffoit mes maux.
Que de pleurs à mes yeux n'as-tu pas fait répandre?...

Ce détail te furprend, & tu crains de l'entendre :
Mais je n'en rougis plus, depuis que, pour t'aimer,
Je fuis venue ici, jeune encor m'enfermer.
Renoncer, à vingt ans, au Monde, à fes délices!

Un vertueux amour fait feul ces facrifices.
Quand la foif des plaifirs excite nos tranfports,
On s'attache aux vivans, Abailard, non aux morts;
Et l'on ceffe d'aimer l'objet, dont la tendreffe
Ne peut plus de nos fens fatisfaire l'ivreffe.
Que Fulbert fe trompoit, alors que fa fureur
Du plus noir des forfaits te fit fubir l'horreur!
Il crut que, du plaifir faifant ma loi fuprême,
Je préférois ton féxe à ta perfonne même;
Mais, malgré lui, toujours je fens les mêmes feux:
Le perfide a commis un crime infruƈtueux;
Et mon fidéle amour, plus puiffant que fa rage,
Te vange, dans mon cœur, de fon barbare outrage.
L'homme en toi n'étoit pas ce que j'aimois le plus.
J'adorois ton efprit, tes talens, tes vertus.
Tu l'as bien éprouvé par cette réfiftance
Qu'à notre hymen longtemps oppofa ma conftance.
Car quoiqu'autorifé par la Religion
Le nom d'époufe fût un refpeƈtable nom,
Tu le fçais, Abailard, le tendre nom d'Amante
Offroit un plus doux charme à ma flâme innocente.
L'Amour veut être libre; & de fes feux fouvent
L'hymen détruit l'ardeur, en l'affujétiffant.
C'eft ce qui de mon cœur allarmoit la tendreffe:
Je me voïois du tien fouveraine maîtreffe;
Maîtreffe d'Abailard! ce titre étoit pour moi
Plus flateur que celui de l'époufe d'un Roi.

Le véritable amour, dédaignant la fortune;
Du faste & des grandeurs fuit la pompe importune;
Et ne trouvant qu'en lui ce qui peut le charmer,
Attache son bonheur au seul plaisir d'aimer.
Oüi; s'il est un bonheur, il est dans ce délire,
Dans ces doux sentimens qu'à deux amans inspire
Un penchant mutuel que l'estime a produit.
Tel fut, cher abailard, celui qui nous unít.
Par ton mérite seul mon âme fut séduite.
Eh ? qui n'eût point rendu justice à ton mérite ?
Est-il une province, une ville, un pays,
Où ton illustre nom n'eût pas été transmis ?
On vantoit en tous lieux tes sublimes ouvrages.
Ton aspect triomphoit des femmes les plus sages:
Ton air noble, tes traits, tes discours éloquens,
Cette simplicité, compagne des talens,
Ces yeux, où de ton ame on lisoit la franchise ;
Tout parloit en faveur du vainqueur d'Héloïse.
Tes rares qualités, sur toi, de toutes parts,
Des peuples & des Grands attiroient les regards.
Admirant à l'envi ton génie & tes graces,
Pour te voir & t'entendre on voloit sur tes traces.
Solide, tour-à-tour, & rempli d'agrémens,
Tu ne ressemblois point à ces sombres Sçavans,
Dont l'orgueil a rendu l'esprit atrabilaire,
Et qui, pour trop sçavoir, ignorent l'art de plaire.
Quels charmes n'avoient pas ces vers ingenieux,

Où, pour te délasser d'un travail férieux,
De l'amour quelquefois tu traçois les caprices?
Du lecteur, en tout temps, ils feront les délices:
Quelle lyre a jamais rendu de plus doux fons?
Ton génie animoit jufques à tes chanfons:
Ces chanfons, que pour moi ton goût t'avoit dictées,
Seront par mille amans, pour d'autres, répétées:
Plus d'un à fa Maîtreffe, afin de l'attendrir,
Comme fon propre ouvrage ofera les offrir;
Et fes vœux appuyés par ce flateur hommage,
D'une Amante crédule obtiendront le fuffrage.
Ainfi, tes vers touchans, monumens de nos feux,
Iront, de bouche en bouche, à nos derniers neveux;
Et l'on s'entretiendra de nous & de nos flâmes,
Tant que le Dieu d'Amour régnera fur les âmes.
Que j'ai vû de Beautés, dont chacune penfoit
Etre l'heureux objet que ta Mufe encenfoit,
Et dont la vanité, fur la moindre apparence,
De captiver ton cœur concevoit l'efpérance;
Mais qui reconnoiffant à la fin leur erreur,
Exhaloient contre moi leur jaloufe fureur!
Ton Amante, Abailard, difoient-elles fans ceffe,
Ne devoit fon éclat qu'à ta feule tendreffe,
Et feroit dans l'oubli demeurée à jamais,
Si tes vers n'avoient point célébré fes attraits.
Mon amour-propre en vain fouffroit de cet outrage:
Je méprifois des cris enfantés par la rage,

Et je m'applaudiſſois d'avoir fixé les vœux
D'un homme qui ſçavoit, par un art merveilleux,
Transformer en Déeſſe, une ſimple Mortelle.
Souvent même, pour être à tes regards plus belle,
En liſant tes écrits, je me perſuadois
Etre telle en effet que tu m'y dépeignois.
Mais que ſont devenus ces jours remplis de charmes?
Maintenant condamnée à répandre des larmes,
Je puis à peine ouvrir mes yeux appeſantis;
Mes traits par la douleur ſont uſés & flétris.
Je ne vois les objets qu'à travers un nuage:
Le jour le plus ſerein me ſemble un jour d'orage.
Tout ce qui m'environne eſt pour moi ſans appas;
Et de toute ma joie il ne me reſte, hélas!
Qu'un ſouvenir amer qui redouble ma peine.
O vous, dont mon bonheur arma l'aveugle haine,
Ceſſez de vous livrer à vos tranſports jaloux:
Abailard ne vit plus ni pour moi, ni pour vous.
Ses malheurs ont du ſort aſſouvi l'injuſtice.
Ma flâme a fait ſon crime & cauſé ſon ſupplice:
Il ſe laiſſa toucher par mes foibles attraits,
Et, l'un de l'autre épris, nous vivions ſatisfaits;
Lorſque, ſur mon amant une main homicide
Oſa, vil inſtrument d'une rage perfide.......
Mais ici la pudeur & l'amour offenſés
M'empêchent d'achever: mon trouble en dit aſſés.

A combien de revers étois-tu deſtinée ?
Trop ſenſible Héloïſe ! épouſe infortunée !
Le temps, dè ton époux a ralenti l'ardeur :
La glace de ſès ſens a paſſé dans ſon cœur :
A ſa flàme légère un froid dégoût ſuccéde.
L'ingrat te laiſſe en proïe à l'ennui qui t'obſéde,
Et las de ſa conquête, il dédaigne aujourd'hui
Un cœur qui s'étoit mal défendu contre lui :
Il l'avoit pris ſans peine, il te le rend de même.
Tu devois bien prévoir cette infortune extrême,
Quand ta raiſon pouvoit, certaine du ſuccès,
De ton amour naiſſant arrêter les progrès,
Que te ſert, à préſent, ſa tardive lumière ?
A tes feux, ſans remords, livre-toi toute entière,
Ame lâche ; & perdant à jamais tes plaiſirs,
Pour ces plaiſirs encor forme de vains déſirs.

Qu'AI-JE dit ? où m'emporte une ardeur criminelle ?
Dans quel aveuglement, ô ciel ! me plonge-t-elle ?
Quoi ! l'épouſe d'un Dieu brûle pour un mortel !
Et j'oſe l'avouer ! tu m'y forces, cruel !
Falloit-il, tout d'un coup, par ta flàme inconſtante,
Porter le déſeſpoir dans le cœur d'une amante ?
Et ne devois-tu pas attendre que le temps
Eût pû briſer des nœuds ſi chers & ſi puiſſans ?
Viens m'arracher du moins à ma propre faibleſſe,
Abailard ; viens m'aider à vaincre ma tendreſſe,

Et de la piété me montrer les appas;
Mais non, fuis-moi plutôt, & ne m'écoute pas ;
Ta préfence fatale au repos de mon âme,
Au lieu de la dompter, irriteroit ma flâme;
Et fous l'excès d'un feu vainement combattu,
Je verrois, à regret, fuccomber ma vertu.
Fuis-moi, dis-je ; il eft temps qu'à mes vœux affervie,
Je confacre à mon Dieu le refte de ma vie.

Oui, Seigneur, c'en eft fait; je m'abandonne à toi.
Trop longtemps indocile & rebelle à ta loi,
Je ne veux m'appliquer déformais qu'à te plaire,
Et mourir, s'il fe peut, fous ton joug falutaire.
Daigne, du haut des Cieux, fenfible à mes remords,
De mon cœur pénitent protéger les efforts ;
Eteindre en moi le feu d'une coupable flâme,
Et par un feu plus pur l'effacer de mon âme.
Etre éternel, toi feul mérites notre amour.
Contre un Amant chéri je t'implore en ce jour :
Signale en ma faveur ta puiffance célefte ;
Je ne peux rien fans elle : un obftacle funefte
Vient s'oppofer fans ceffe à mon jufte deffein ;
Mon feu mal étouffé fe rallume en mon fein ;
Malgré moi, de mes fens à toute heure il s'empare :
Je ne me connais plus ; je me perds ; je m'égare,
Je frémis ; je friffonne, & mon cœur déchiré
Repouffe en vain l'amour dont il eft dévoré,

Quels combats ! ... quels tourmens faut-il que je ſubiſſe ?
Puis-je , ſans expirer , ſouffrir un tel ſupplice ? ...
Mais enfin , grâce au Ciel... je triomphe , & mon cœur,
Cher Abailard , renonce à ſa profane ardeur :
Dieu l'emporte ſur toi dans mon âme ſoumiſe.
Seconde par tes vœux ma pieuſe entrepriſe ;
Et reçois , en cédant ton épouſe à ton Dieu,
D'Héloïſe mourante un éternel adieu.

FIN.

Lû & approuvé, ce 31 Mai 1765. MARIN.

Vû l'Approbation , permis d'imprimer , ce 2 Juin
1765. DE SARTINE.